AF456564

DE L'ÉTAT

DE LA

LITTÉRATURE ACTUELLE

ET NOTAMMENT

DU ROMANTISME,

Satire

ADRESSÉE A M. M***, ANCIEN MAGISTRAT (1),

PAR

M. EM. DUNAIME,

Ex-maître de conférences de rhétorique à l'ancien collége Sainte-Barbe, philologue et naturaliste.

Prix : 1 fr. 50 c.

Paris,

CHARPENTIER, successeur de Mme GOULLET,

PALAIS-ROYAL,

GALERIE D'ORLÉANS, N° 7.

1840

DE L'ÉTAT

DE LA

LITTÉRATURE ACTUELLE,

ET NOTAMMENT

DU ROMANTISME.

Pour toi quittant le fond d'un tranquille pupitre,
Séduite par l'esprit de ta charmante épître,
Ma plume enfin s'arrache aux douceurs du repos,
Et veut à tes beaux vers répondre quelques mots.
Eh bien ! où courez-vous, plume folle et légère ?
Dans vos fougueux écarts que prétendez-vous faire ?
A peine je vous suis, je vous arrête en vain :
Vous tressaillez d'ardeur quand je nomme Millin.
Eh bien! courez, volez, hâtez-vous de transcrire
Ces rimes sans apprêt, que l'amitié m'inspire.
Toi, dont l'esprit changeant sait passer tour à tour
Du culte de Thémis à celui de l'Amour ;
Sage voluptueux, pour qui l'art d'Epicure
Assaisonne avec goût les dons de la nature,
Tantôt profond penseur, tantôt gai compagnon,
En toi tu réunis Aristippe et Caton,
Et ta main sait porter avec la même aisance
La joyeuse marotte et la grave balance.
Oh! que j'aime à te voir, loin d'un frivole éclat,

Libre des nobles soins que t'impose l'Etat,
T'épanchant dans le sein de l'amitié discrète,
Dépouiller de ton rang l'importune étiquette !
Moins tu veux de respects, moins tu cherches d'égards,
Plus ton rare mérite éclate à nos regards,
Plus sur le siége altier que ta grandeur oublie
Notre cœur satisfait t'applaudit sans envie,
Et, comme un doux tribut à tes talents acquis,
Te prodigue en secret les honneurs que tu fuis.
Déjà soixante hivers ont passé sur ta tête,
Cependant je te vois de conquête en conquête
Porter avec gaîté tes volages amours,
Et des ris du jeune âge embellir tes vieux jours.
Poursuis, nouveau Tithon, cette aimable carrière :
La Parque épargnera ton front sexagénaire,
Et ses regards perçants ne pourront découvrir
Tes cheveux blancs, cachés sous les fleurs du plaisir ;
Insensible aux clameurs de la maligne envie,
Jouis tant que le sort prolongera ta vie,
Et, s'il t'appelle enfin aux rives du Léthé,
Descends-y dans les bras d'une jeune beauté.
Tu m'applaudis,.... fort bien : Épicure lui-même
N'eût pas mieux, j'en réponds, professé son système;
Et sans peine, à coup sûr, plus d'un vieux citadin
En chaire me verrait, dogmatiste mondain,
Portant de Rabelais l'hermine doctorale,
Prêcher pour son salut ma joyeuse morale.
Mais toi, dont les talents enchantent tout Paris,
Favori des Amours, effroi de nos maris;
Toi que guida toujours une aimable sagesse,
Dis-moi, par quel abus, quelle étrange faiblesse,
Banal admirateur de nos Pradons nouveaux,
A tant d'esprit peux-tu joindre un goût aussi faux ?

Aujourd'hui, tourmenté d'une docte manie,
Rallumant dans l'Aï les feux de ton génie,
L'air distrait et rêveur, pour rimer un couplet,
Chaque jour tu pâlis sur Boiste ou Richelet.
Aussi, de mon repos censeur un peu sévère,
Tu veux que, des Neuf Sœurs arborant la bannière,
Dans une docte arène, intrépide guerrier,
J'aille cueillir encore un pénible laurier;
Tu veux que, ranimant ma Muse refroidie,
Docile à l'aiguillon d'une verve étourdie,
Au mourant appétit d'un public dégoûté
Je serve quelques vers piquants de nouveauté.
Des vers! eh! mon ami, quelle folle pensée!
Des vers! on n'en lit plus, la mode en est passée;
Ou si quelques écrits, dotés de ce beau nom,
Ephémères enfants d'un obscur Amphion,
Aux yeux de la cité qui vit naître Voltaire
Peuvent, un jour ou deux, trouver grâce plénière,
Hélas! ce ne sont plus ces chefs-d'œuvre vantés,
A la saine raison par les Grâces dictés,
Où le goût enchaînait les écarts du génie;
Où, fidèles aux lois de l'antique harmonie,
D'une sage critique empruntant le flambeau,
Nos maîtres pour modèle avaient choisi le beau.
Admirer leurs écrits fut un tort de nos pères :
Il faut d'autres objets au siècle des lumières.
Pour lui le dieu des arts ce n'est plus Apollon,
Ce n'est plus ce Phébus, roi du sacré vallon,
Chantre mélodieux, dont la brillante lyre,
Secondant les transports d'un sublime délire,
Sous les divins lauriers du Parnasse enchanté
Déployait de ses tons l'austère majesté.
L'arrêt du fanatisme a brisé son idole.

Mais veux-tu voir le dieu de la nouvelle école ?
Regarde, le voilà : ce fétiche hideux,
Ce monstre environné de carnage et de feux,
L'entends-tu, cher Millin, dans le patois des halles,
Des arts prostitués fêtant les bacchanales,
Aux crédules badauds qu'émerveille sa voix
D'un ton impérieux dicter ses folles lois ?
Pour lui, meurtre, poison, inceste, parricide,
Voilà tous les trésors de l'onde Aganippide.
Tantôt bouffon grossier, tantôt vain radoteur,
Maniaque hurlant en jargon de rhéteur,
Comme l'impur oiseau dont le gosier croasse,
Il croupit dans la fange où se perd dans l'espace.
Un crêpe de vapeurs, un voile ensanglanté,
De son front grimaçant attristent la gaîté ;
Le rire de Satan éclate sur sa bouche,
Et son souffle empesté flétrit tout ce qu'il touche.
Hôte échappé jadis des murs de Charenton,
Un poignard pour burin, pour pégase un dragon,
Des tavernes au bagne, altéré de crapule,
Bravant d'un front d'airain les traits du ridicule,
Le vois-tu se traîner ? Des abymes du cœur
C'est là qu'il va fouiller l'horrible profondeur ;
C'est dans l'antre du crime, aux sources du scandale,
Qu'il va régénérer notre antique morale,
De Phryné, de Cacus, recueillir les leçons,
Et, glorieux du prix de ces nobles moissons,
Nous jeter, chaque mois, en fécondes largesses,
Du génie agrandi les nouvelles richesses.
Dans nos brillants salons, dans l'empire des arts,
Partout je vois flotter ses hideux étendards.
Sa compagne Alecto, détrônant Melpomène,
En un Cocyte impur transforme l'Hippocrène,

S'y gonfle de vapeurs, s'y gorge de poisons,
Et les verse en hurlant à ses chers nourrissons.
Près d'elle aperçois-tu ces sectaires impies,
Flétris, par le bon sens, du titre de harpies,
Tourbe de plats grimauds, gothiques novateurs,
Des dogmes du faux goût monstrueux promoteurs,
Fléaux de la raison, charlatans pleins d'audace,
Anarchistes jurés, vrais Marats du Parnasse,
Des haillons dégoûtants d'un cynisme effronté
Couvrant avec orgueil leur sale nudité?
Ce sont là les flambeaux de la nouvelle France,
C'est là de nos beaux-arts la fleur et l'espérance.
Ami, bénis le Ciel : voilà dans quelles mains
De deux cents ans de gloire il remet les destins!
Mais as-tu vu, dis-moi, leur troupe sacrilége,
D'un lieu cher aux Neuf Sœurs bravant le privilége,
Insulter par des cris, frapper d'un pied brutal
Du chantre de Burrhus l'auguste piédestal?
Les as-tu vus, ami, sur ce noble trophée
Couronner de leur club l'impudent coryphée?
Paris en fut témoin. Du Théâtre Français
Le dieu maudit encor leur scandaleux succès.
Et tu veux que, jaloux du titre d'acolyte,
Apostat sans pudeur de la raison proscrite,
J'aille, aux pieds d'un fétiche humiliant mon front,
D'un coup d'œil orgueilleux solliciter l'affront,
Et, ridicule acteur d'une sotte parade,
Des singes de Fædus grossir la mascarade!
Comment t'es-tu flatté que, docile apprenti,
Je pourrais, à ta voix, embrasser ce parti?
Moi, servile manœuvre, aux ordres d'un libraire
Engager à long bail ma plume mercenaire!
Des trésors d'Hélicon, taxés par un voleur,

Moi, son tarif en main, supputer la valeur !
Moi, débiter l'esprit en vile marchandise !
Toi-même quelque jour rirais de ma sottise,
Et d'un juste dédain ton esprit révolté
Punirait ma bassesse et ma vénalité.
Mais si, docile au vœu que ta bouche m'exprime,
Brouillant en mauvais vers la raison et la rime,
J'allais, suivant la mode, une vielle à la main,
Des Marsyas du jour grossir le fol essaim;
Si j'écrivais, Millin, eh! que pourrais-je dire ?
En parlant de nos arts comment ne pas médire ?
Comment ne pas céder à ce courroux pressant
Dont le feu trop actif fait bouillonner mon sang ?
Prétendrais-je d'ailleurs, armé des traits d'Hercule,
Frapper d'un coup mortel l'hydre du ridicule ?
Frivole espoir! Bientôt ses cent difformes corps
Renaîtraient pour braver mes stériles efforts.
Chasserais-je d'ici les Alains et les Thraces ?
Paris avec respect semble baiser leurs traces,
Et partout, exhumant leurs restes dispersés,
La Sottise les montre à mes regards blessés.
O surprise! quelle est cette cité sauvage ?
Dieux ! quels goûts insensés! quel ignoble langage !
Un songe abuse-t-il mes débiles esprits ?
Dans ces murs profanés dois-je chercher Paris ?
Quoi! ce sceptre des arts, de qui l'Europe entière
Révérait dans nos mains le sacré caractère,
L'ignorance à nos yeux le brise impunément,
Et nous applaudissons à son acharnement !
France! un mime grossier, vil rebut de la scène,
Dont les rauques accents font rougir Melpomène,
Shakspeare a détrôné les chantres immortels
A qui ta main jadis éleva des autels,

Et tu fêtes son règne! Ah! quel fatal prestige,
Quel sort t'a pu frapper d'un si honteux vertige?
De ton cothurne altier qu'est devenu l'éclat?
Qu'est devenu ce goût si pur, si délicat,
Ce goût qui te rendait l'oracle du génie?
C'en est fait, de ton nom la splendeur est ternie;
Peuple dégénéré, va, renonce à tes dieux!
Abdique ta grandeur, insulte tes aïeux;
Repousse, foule aux pieds leur sublime héritage:
Il n'est plus fait pour toi, la honte est ton partage;
Et du sceau flétrissant qui pèse sur ton front
Londres même indigné te reproche l'affront.
— J'admire, diras-tu, ce transport magnanime,
Un si noble courroux a droit à mon estime;
Mais du vieil Apollon les beaux jours sont passés;
Pour lui plus de respects, d'hommages empressés:
Le Temps, qui détruit tout, a sapé sa puissance;
Ami, son règne expire, et le nôtre commence.
Vois ses autels déserts, vois ses lauriers flétris;
Vois-le verser des pleurs dans son temple en débris.
L'insulte l'y poursuit et brise sa couronne;
Il veut lutter en vain, hélas! tout l'abandonne:
Ses enfants adoptifs, ses plus chers partisans,
En foule chaque jour viennent grossir nos rangs.
Tout conspire pour nous. Ce sénat littéraire,
Du feu sacré des arts sage dépositaire;
Ces quarante immortels, grands hommes brevetés,
Que d'un trône électif le génie a dotés,
L'Académie, enfin, par de justes suffrages
N'a-t-elle pas naguère honoré nos ouvrages?
En couronnant nos vers, n'a-t-elle pas deux fois
Du vieux code classique anéanti les lois?
Mais, selon toi, depuis le vieux temps des miracles,

Les dieux, à l'Institut, ne rendent plus d'oracles ;
La Pythie a perdu son merveilleux trépié.....
Profane! je devrais..... Mais tu me fais pitié.
Va, ces nobles esprits que ta bouche blasphème
Ont mieux jugé que toi notre nouveau système ;
Ils ont compris leur siècle et suivi ses élans...
Et pourquoi voudraient-ils enchaîner nos talents ?
En quoi donc notre audace est-elle si coupable ?
Nous avons, je l'avoue, en dépit de la Fable,
Pris la foi pour devise, et de notre cerveau
Tiré, grâce au Talmud, un panthéon nouveau ;
Mais l'art n'est plus aux temps d'Auguste ou d'Alexandre.
De ces âges éteints la poétique cendre
Par un éclat trompeur n'éblouit plus nos yeux ;
Nous sommes las des Grecs et las de leurs faux dieux.
Eh! que nous font à nous Jupiter et Bellone,
Et la coquette Flore, et la vieille Pomone ?
Le raisin sur nos ceps, l'épi dans nos guérets,
Ne sauraient-ils mûrir sans Bacchus ou Cérès ?
Nos bois ne peuvent-ils se passer de Dryades,
Nos étangs de Tritons, nos coteaux d'Oréades ?
Pourquoi traîner le jour sur un char de vermeil,
Changer en crins dorés les rayons du soleil,
Et, couvrant de mystère un simple météore,
Dans les bras de Tithon coucher la froide Aurore ?
Ces symboles menteurs, ces types surannés,
Jadis ont pu charmer quelques esprits bornés ;
Mais l'art devait changer : la raison populaire,
En dépit des pédants, s'agrandit et s'éclaire ;
Le goût de jour en jour devient plus délicat ;
Il a proscrit les vers, la prose d'apparat.
Qu'importe ? Vingt romans, vingt drames germaniques,
Echos des bruits du jour, vingt savantes chroniques

D'un solide aliment repaissent nos esprits.
Te le dirai-je enfin? les sylphes, les péris,
Belzébuth, Astaroth et leur noire livrée,
Les saints de Papebrock, la légende dorée,
L'orgue des chérubins, les chansons des élus,
Le séraphique amour d'un cœur plein de Jésus,
Voilà les éléments dont la vertu féconde
Doit aux arts épuisés ouvrir un nouveau monde.
Ami, console-toi! Dubartas et Villon,
Le sublime Ronsard, Pradon, le grand Pradon,
Désormais vont régler les accords du génie,
Et, du rhythme ostrogoth imitant l'harmonie,
Dans les bruyants cornets des pasteurs d'autrefois
Nos rimeurs souffleront en vrais bardes gaulois.
Pourquoi donc t'irriter? Du fiel qui te consume
Pourquoi verser sur eux la bouillante amertume?
Va, du sceau populaire, imprimé sur leurs fronts,
L'inaltérable éclat peut braver tes affronts.
Du blâme et de l'honneur dispensateur suprême,
Le public, malgré toi, les admire et les aime.
Grâce à leurs traits brillants, tu le vois chaque jour
Tressaillir d'épouvante ou soupirer d'amour,
Et navré de douleur ou comblé de délices,
Changer d'âme et d'esprit, au gré de leurs caprices.
A l'œil humide encor de la tendre beauté
Quel déluge de pleurs leurs drames ont coûté!
Quel concert de sanglots, quels transports de délire,
De leur naissante école ont proclamé l'empire!
Dans tous les jeunes cœurs leurs succès sont écrits...
— Le *public*, j'en conviens, les traite en favoris;
Mais le mot a besoin d'un léger commentaire.
Appelles-tu *public* un stupide vulgaire,
Un ramas d'esprits faux, de cœurs vils et gâtés,

Avides d'impudeur, de sales voluptés,
Cherchant à ranimer par une impure ivresse
De leurs sens abrutis la honteuse paresse ?
Oh ! voilà, sans mentir, des juges compétents !
Le digne tribunal ! Dupe des charlatans,
Nourri des préjugés de l'imbécille enfance,
De faux pas en faux pas conduit par l'ignorance,
Automate grossier mu par l'esprit malin,
Tantôt frivole et gai, tantôt lourd et chagrin,
Pour calmer un moment ses vapeurs inquiètes,
Que veut-il ? des romans, des bouffons, des gazettes.
Son suffrage est vraiment un titre glorieux,
Et l'on peut à bon droit s'en montrer orgueilleux.
Mais cessons de railler, parlons sans ironie.
Un vain peuple n'est point l'arbitre du génie.
Le public, à mes yeux, n'est qu'un vieil écolier
Qu'au joug de la raison le savoir doit plier;
Un éternel enfant, dont l'austère Sagesse
Doit éclairer l'esprit, corriger la rudesse;
Qui, toujours dépendant des lumières d'autrui,
A besoin que l'on pense et qu'on juge pour lui.
Cesse donc de vanter un appui si précaire.
Imprudent qui se fie à l'amour du vulgaire !
Pour toi, de ce sot maître esclave obséquieux,
Dis-moi, que penses-tu, quand de tes propres yeux
Chaque jour tu le vois, prostituant la gloire,
Sur le front d'un castrat, d'un Gille de la foire,
Entasser les lauriers que son avare main
Aux Virgile souvent refuse avec dédain ?
Conviens qu'à ce spectacle un esprit droit et sage,
Ami, peut en pitié regarder son suffrage,
Et, du bon sens en main prenant les intérêts,
Casser avec mépris ses ineptes arrêts.

Mais qui donc jugera ? Quelle cour souveraine
Pourra tracer à l'art une route certaine ?
Je me tais... Mais tout haut j'ose affirmer, Millin,
Qu'aujourd'hui le goût baisse et touche à son déclin,
Que des arts dégradés la triste république
Pour venger son honneur n'a pas même un critique.
Quarante élus du Pinde, et j'en rougis pour eux,
Ont couronné, dis-tu, quelques vers trop heureux.
Quarante ! Conviens-en, le goût et le génie
Siégent à l'Institut en grosse compagnie !
Mais le grand nombre est là suspect avec raison ;
Ami, si j'en crois même un trop juste soupçon,
Un seul eût mieux jugé que l'assemblée entière.
Ces demi-dieux vivants ont aussi leur vulgaire,
Et Paris les a vus, par un indigne choix,
D'un ridicule amer se couvrir quelquefois.
Me démentiras-tu ? Mais je puis te confondre ;
Mais la publique voix est là pour te répondre,
Pour flétrir à jamais d'un blâme mérité
L'inexplicable arrêt qu'ils ont deux fois porté (2).
C'en est fait, ce laurier, noble tribut de gloire,
Qu'au seul talent jadis décernait la victoire,
La sottise aujourd'hui l'usurpe et l'avilit.
La sottise triomphe, ô douleur ! ô dépit !
Pour nous le rameau d'or a perdu tout prestige :
L'arbre qui le portait, honteux, baissant sa tige,
Sèche et meurt sous les yeux d'Apollon éploré.
Qui l'a flétri, Millin ? qui l'a déshonoré ?
Ah ! si j'osais ici dire ce que je pense,
Je..... Mais renfermons-nous dans un juste silence ;
Ne comparons personne à ce roi qui..... tu sais,
A ce roi Phrygien..... Chut ! j'en ai dit assez.
Plaignons plutôt, plaignons ce pauvre aréopage.

Quel poëte à présent envîrait son suffrage ?
Du public éclairé, qui pense et sait juger,
Quel respect, quels égards a-t-il droit d'exiger ?
Ces magistrats déchus, ces juges ridicules,
Chacun peut les siffler sur leurs chaises curules;
Chacun croit justement ne plus rien leur devoir ;
Eux-même ils ont sur nous abdiqué tout pouvoir.
Mais pourquoi, diras-tu, montrer tant de colère ?
Le siècle est malheureux de ne pouvoir te plaire.
Cependant, si le goût dans nos hardis essais
Peut blâmer par hasard quelques vers imparfaits,
D'un génie éclatant la sève créatrice
De nos œuvres du moins doit absoudre le vice.
— Vous, créer! et quoi donc ? de sottes visions,
Des monstres, des horreurs... Quelles créations !
Quoi! d'un faquin sans goût la stérile abondance
D'absurdes nouveautés inondera la France,
Et j'irais, de sa veine admirateur banal,
Comme toi le traiter d'esprit original !
Non : si sa verve active au bon sens n'est unie,
L'imagination n'est point le vrai génie;
Elle appartient au fou dont le cerveau blessé
Pour la droite raison prend un rêve insensé.
Et toi, toi de ce fou partageant le délire,
Du vieux Phébus aussi tu veux briser la lyre !
De ses chants, de ses vers l'aimable pureté,
Malheureux, à tes yeux n'est que timidité ;
D'insipide froideur tu traites sa sagesse.
Et lui, que pense-t-il de votre sale ivresse ?
Il méprise, crois-moi, vos moyens, votre but,
Et vous laisse en vrais gueux exploiter son rebut.
Pour percer aujourd'hui que d'astuce et d'intrigues !
O que de plats rimeurs, vieillis dans l'art des brigues,

Le ridicule mène à la célébrité !
Regarde : en vain Fadus, sous un masque effronté,
Pour attirer les yeux turlupine et grimace ;
Un sot est toujours sot, quelques efforts qu'il fasse ;
Son zèle novateur ne peut me décevoir ;
De l'impuissance à nu j'y vois le désespoir.
Pétri de vanité, de lui-même idolâtre,
Le pauvre Gille a beau se dresser un théâtre,
Sur un vain piédestal Gille a beau se hausser,
A son rang l'équité sait bientôt le placer.
Aussi déjà j'entends un public moins frivole
Renvoyer ton héros sur les bancs de l'école,
Et même souhaiter, Esculape excellent,
Quelques douches d'eau froide à son front trop brûlant.
Ce discours, je le vois, excite ta surprise ;
Ton chatouilleux orgueil condamne ma franchise ;
Tu blâmes le courroux qui domine mes sens ;
Tu m'attaques... eh bien ! discutons, j'y consens :
Souvent du choc heureux des sentiments contraires
La vérité jaillit en brillants caractères.
Du siècle où nous vivons, Zoïle sans pudeur,
Non, je ne prétends point rabaisser la splendeur ;
La France, je le sais, aux beaux jours de l'empire,
D'un immortel éclat a vu briller sa lyre,
Et ses yeux dans les rangs de nos contemporains
Peuvent trouver encor d'illustres (3) écrivains.
Disputant à Duval le sceptre de Thalie,
Etienne, comme lui, sur la scène embellie,
A pour peindre nos mœurs et nos vices nouveaux
D'Aristophane éteint retrouvé les pinceaux ;
Etienne, dont la plume élégante et sévère
Joint le goût de Térence à tout l'art de Molière.
Ecrivain délicat, philosophe charmant,

Des éclairs de l'esprit, des feux du sentiment,
Qui mieux que lui jamais égaya la morale ?
Qu'avec bonheur, ami, sa verve originale
Fait d'un air gracieux badiner la raison,
Et m'offre en chaque écrit une utile leçon !
Chéri comme Addison des belles et des sages,
Grâce au sel qui pétille en ses brillantes pages,
Jouy, peintre éloquent, ingénieux penseur,
Sait charmer à la fois mon esprit et mon cœur.
Mais quels mâles accents ont frappé mon oreille !
Des bardes de Fingal la harpe se réveille :
Lormian (4) de ses fils d'or tire des sons guerriers,
Lormian, qui sur le Pinde a cueilli deux lauriers;
Lormian, qui pouvait seul, par une heureuse audace,
Joindre au luth d'Ossian la trompette du Tasse.
Déchu du rang altier où brillait son talent,
D'un culte presque éteint pontife chancelant,
Jusqu'au drame abaissant la fière tragédie,
Si, des vers que jadis lui dictait le génie,
Pour caresser l'erreur d'un vulgaire hébété,
Delavigne a terni la noble pureté,
Tandis qu'avec amour de ses premières veilles
L'élite de Paris contemplait les merveilles,
S'il a pu, de nos rangs coupable déserteur;
Trop sensible à l'appât d'un succès peu flatteur,
Du dieu qui le guidait abandonnant la trace,
Sur l'aride sommet du gothique Parnasse
Suivre, exempt de remords, ces factieux esprits
Dont l'éclat usurpé déjà tourne en mépris,
De sa veine du moins la grandeur éclipsée
Garde encor quelques traits de sa fierté passée;
C'est l'aigle prisonnier, marchant à pas hautains
Parmi ces vils oiseaux qu'ont dégradés nos mains.

Du fécond Lemercier qui n'estime la muse ?
Leduc (5), fin Aristarque, et m'instruit et m'amuse.
Si des vers de Rigaud (6) je chéris la douceur,
Si j'admire Delrieu (7), j'aime aussi Levasseur,
Lorsque de Job proscrit il me peint les souffrances.
J'aime aussi de Géraud les naïves romances.
Sans blesser l'équité je puis vanter Béraud,
Tresser quelques lauriers sur le front de Guiraud,
Et du gai Frenilly, par un sincère hommage,
Applaudir comme toi l'élégant badinage.
Cédant malgré moi-même au prestige de l'art,
Je pleure avec Lebrun les malheurs de Stuart.
Soumet jusques aux cieux d'un vol hardi m'entraîne.
En lisant Lebailly je pense à La Fontaine.
Du peuple, des héros, piquant Anacréon,
Béranger jusqu'à l'ode élève la chanson.
Mollevault sait d'amour parler comme Tibulle (8).
Michaud de Saint-Lambert m'offre l'heureux émule.
Dois-je nommer encor Campenon, Ancelot,
L'élégant Pongerville et l'aimable Tissot ?
A quoi bon, cher Millin ? les Filles de Mémoire
D'âge en âge sans moi sauront porter leur gloire,
Et, chéris du public, leurs écrits enchanteurs
En tout temps seront sûrs de trouver des lecteurs.
Loûrai-je de Viennet le facile génie,
Du luth de Boisjolin la savante harmonie ?
A Saint-Victor, enfin, à ses vers ravissants
Pourrais-je refuser un légitime encens ?
Et vous, pourrais-je ici vous passer sous silence,
Séduisante Vannoz, noble et sage Constance (9) ?
Non, mon cœur, subjugué par vos charmes vainqueurs,
Croit être, en vous chantant, l'écho de tous les cœurs.
Que de gloire ! et pourtant, dans ses rimes discrètes,

Ma Muse n'a, Millin, cité que nos poëtes.
Ne crois pas, cependant, que, sourd à l'équité,
Du classique Hélicon partisan entêté,
Je ne puisse, imitant ta facile indulgence,
D'un novateur ou deux excuser la licence,
Et dans leurs vains écrits, si chers à nos badauds,
Pour une beauté seule oublier cent défauts.
Malgré son ton guindé, son pathos monotone,
Souvent, je l'avouerai, Cataleptus m'étonne (10).
Mélange de défauts, de sublimes beautés,
Sa Muse également penche de deux côtés;
Classique par talent, novateur par folie,
A l'Apollon bâtard son faux goût le rallie.
Affublant l'impudeur d'un manteau de clinquant,
D'esprit, d'extravagance, assemblage choquant,
D'un ton de pythonisse, en jargon sophistique,
Cathos exhale en vain son délire érotique :
Dans ses honteux écrits tout me semble imparfait,
Mais son phébus parfois me fait rire et me plaît.
Du fade Compsius les galantes sornettes
A bon droit, je l'avoue, amusent nos coquettes.
Dans l'art de griffonner laborieux rivaux,
Vois Pansa, vois Lestas, singes de Marivaux,
Agacer le public par leur coquetterie.
De leur style fardé je hais l'afféterie;
Je hais ces faux brillants, ce cliquetits de mots
Chez eux du nom d'esprit honorés par les sots;
Mais quelques traits heureux, semés avec adresse,
D'un vernis de talent colorent leur faiblesse.
Du bon goût à dessein méconnaissant la loi,
Pathos, des Visigoths adulateur sans foi,
Pathos a beau fronder le chantre d'Athalie,
Sa naissance à mes yeux l'absout de sa folie;

Je cède à la pitié ; je ris d'un lourd Germain,
D'un pédant ergoteur qui veut paraître fin.
Roi de l'empire obscur, du monde fantastique
Où se traîne à tâtons l'aveugle scolastique,
Déjà riche en espoir du grand œuvre de Kant,
Egaré dans l'abstrait, dans le vide flottant,
Nubes, pour découvrir une vaine chimère,
Dans les brouillards du Rhin va chercher la lumière,
Court, s'agite ; et, brûlant d'une stérile ardeur,
Des abymes du rien sonde la profondeur.
Etonné de lui-même, il se comprend à peine ;
Mais sa verve, du moins, m'électrise, m'entraîne ;
Et loin du droit chemin son esprit emporté
Sait prêter à l'erreur un air de vérité.
Dans ses chants vaporeux l'inégal Théathète (11)
Souvent joint au pathos les traits d'un vrai poëte.
Lalos, sophiste vain, prolixe radoteur,
Par un babil niais amuse son lecteur ;
Et des traits d'un esprit bizarrement comique
Macer sait égayer une fausse critique.
Mais Gorgo, mais ce fou, père de B... J.....,
De l'absurde et du laid modèle sans égal,
Ces Sades, dont la plume, immonde corruptrice,
Sème en impurs romans les maximes du vice,
Et, d'une tourbe inepte exploitant les travers,
Vend au poids du scandale et sa prose et ses vers ;
Tu les aimes. D'accord ; mais conviens que, sans crime,
Phébus peut les frapper d'un arrêt légitime ;
Que sa justice doit, par ses coups éclatants,
Flétrir d'un sceau vengeur le front des charlatans.
De leurs écrits grossiers charmant la populace,
Vois les nombreux suppôts du moderne Parnasse,
Sur le papier honteux que salissent leurs mains,

Insulter la raison en vers alexandrins ;
Laïs de carrefour, vois leur Muse honnie
Ramasser dans la fange un brevet de génie.
Va, suis-les, cher ami. Jaloux de leur bonheur,
Achète un vain renom au prix de ton honneur.
Tu ris... Eh bien ! fais mieux : d'une ample renommée
Ton généreux orgueil brigue-t-il la fumée ?
Il est mille moyens d'accomplir tes souhaits,
D'obtenir à vil prix un éclatant succès.
Oui; mais, l'esprit frappé d'un scrupule imbécile,
Ne va pas sur le choix te montrer difficile.
Dans ces recueils banals, ces feuilles d'un moment,
De l'ignorance oisive éternel aliment,
Où des brouillons du jour la vénale impudence
Trafique du scandale et vit de médisance,
Où, pleins d'un fol orgueil, vingt cerveaux à l'envers
Régentent les états, corrigent l'univers,
Va, courtier de vains bruits, sophiste politique,
Radoter chaque jour sur la chose publique.
Des Médicis du temps, bottiers, fruitiers, traiteurs,
De la presse aux cent voix illustres directeurs,
Subissant de plein gré le docte patronage,
Prends d'un nouveau Marat les mœurs et le langage.
Ferme, sans rien savoir, parle, tranche sur tout :
Que te fait la raison, que t'importe le goût,
Si tu sais au mensonge unir l'effronterie ?
Du beau nom de progrès ornant la barbarie,
Pour louer nos grimauds prends un ton d'érudit;
Mets au lieu du talent la bêtise en crédit.
Du vieux Thespis anglais, dont le badaud raffole,
Vite, adore à genoux la ridicule idole;
Jette-lui, sans rougir, des fleurs et de l'encens.
Sème le paradoxe, outrage le bon sens ;

Brouille, intrigue : aujourd'hui c'est la mode commune,
L'art d'obtenir un rang, un nom, une fortune.
Héros d'un peuple sot, objet de son amour,
Dresse-toi des autels parmi les saints du jour.
Cours, vole; mais renonce à convaincre ma Muse.
Si d'un vieux préjugé le prestige m'abuse,
Et si mes yeux, couverts d'un magique bandeau,
Du vrai n'ont point encore entrevu le flambeau,
Je me console, au moins, d'errer avec Racine.
Oui, ses chants immortels, oui, sa lyre divine,
Tant que battra mon sein, que sentira mon cœur,
Séduiront mon esprit par un charme vainqueur.
Le Dieu qui l'inspirait est le Dieu que j'adore,
Et, pour te réfuter, je cours le lire encore.

FIN.

NOTES.

---

(1) Feu Millin, président à la cour de..... C'était un homme aimable, mais de mauvais goût, peu lettré, et beaucoup trop indulgent pour la corruption sociale et littéraire de notre époque.

(2) Allusion aux prix décernés par l'Académie à deux mauvaises pièces de vers sur l'Arc de triomphe de l'Étoile et le Musée de Versailles.

(3) L'épithète d'*illustres* ne convient peut-être qu'aux cinq premiers écrivains dont les noms suivent; mais nous l'avons laissée subsister par déférence pour les autres.

(4) M. Baour Lormian, le premier poëte et le plus brillant écrivain de notre époque.

(5) Viollet Leduc, auteur du *Nouvel Art poétique*.

(6) Rigaud, auteur d'un joli recueil de poésies.

(7) Delrieu, auteur d'*Artaxerce* et de *Démétrius*.

(8) Mollevault. Il ne s'agit ici que des traductions des poëtes élégiaques latins dues à M. Mollevault; cet éloge ne s'applique point à ses autres ouvrages.

(9) Mme la princesse Constance de Salm, le premier poëte féminin de notre époque.

(10) Cataleptus, homme de génie, prosateur brillant dans quelques ouvrages, mais remarquable par la fausseté de son esprit.

(11) Théathète, auteur des *Méditations poétiques*, ouvrage dont le premier volume seulement offre de grandes beautés, mêlées aux défauts les plus grossiers. Cet ouvrage, le *Chant du sacre*, et deux fragments du poëme de Child Harold, composent les seuls titres littéraires de cet écrivain, et le placent, comme poëte, après MM. Lormian, C. Delavigne, Pongerville, Béranger, Soumet, Viennet et Ancelot.

www.ingramcontent.com/pod-product-compliance
Ingram Content Group UK Ltd.
Pitfield, Milton Keynes, MK11 3LW, UK
UKHW022154260726
13993UKWH00005B/2359

9 782329 170497